Adaptation du vieux français
par Isabelle Fessard

C O U R
D'AMOUR

Jeanne Bourin

présente

COUR D

avec la collaboration d'Isabelle Fessard

AMOUR

Michel Archimbaud / Seghers

M. Baude Cordier
Belle bonne sage plaisant et gente
A ce iour cy que l'an se renouvel
Le don d'une chanson nouvel
Le dedens mon
Vous fais
qui a vous se presente
Tenor Belle bonne
Contra Belle bonne
De recepuoir ce don ne soies lente, je vous suppli ma doulce damoysselle. Belle bonne &c.
Car tant vous aim qu'ailleurs n'ay mon entente
Et si scay que vous estes seule celle qui fame
Alés que chascun vous appelle. Flour
de beaute sur toutes excellente.
Belle bonne

Un historien du début de notre siècle, Charles Seignobos, a écrit : « L'amour, cette invention du XIIe siècle... »

Il aurait aussi bien pu dire : « La Courtoisie, cette invention du XIIe siècle... » !

C'est en effet à la charnière du XIe et du XIIe siècle qu'a vu le jour une nouvelle conception de l'amour, une nouvelle relation des rapports homme-femme, transformant une société barbare en une civilisation originale, évoluée, raffinée, dont la femme apparaissait comme l'inspiratrice, la récompense et le pôle d'attraction.

Singulièrement neuve, cette approche des sentiments amoureux fut une véritable révolution de mœurs qui a marqué nos mentalités pour des siècles.

Jusque-là, si les échanges entre les sexes existaient, on ne les considérait nullement avec ce mélange d'exaltation, de respect, d'attention et de ferveur qui, en dépit de tout, demeurent nôtres.

Pour les Anciens, qui étaient misogynes, l'amour était une manière de fléau. Ils traitaient Pâris comme une sorte d'illuminé, incapable de grandes actions et « assoté » par Hélène. Les tragédies grecques et latines dépeignaient ainsi qu'une folie momentanée cette calamité qui s'abattait parfois sur les hommes ou sur les dieux. On n'admettait alors que deux sortes d'attachements : l'amour conjugal qu'illustrait la matrone et l'amour vénal que représentait la courtisane.

Pour les Barbares, la femme devint une proie ou une esclave, toujours une victime.

En fondant le dogme de l'égalité de toutes les créatures aux yeux du Créateur, en rendant obligatoire le sacrement de mariage et en imposant l'indissolubilité de ce lien, en exigeant enfin le consentement du garçon et de la fille afin que le mariage soit reconnu valable, le christianisme réhabilita l'amour.

Action souvent méconnue et même niée, qui aboutit cependant à une promotion de la femme juste au moment où plusieurs autres facteurs donnaient naissance à une nouvelle sensibilité.

En premier lieu, les conséquences des croisades. Revenus éblouis de Byzance et de Jérusalem, nos ancêtres du XIIe siècle commençant avaient rapporté avec eux la certitude qu'il était possible de vivre autrement qu'ils ne l'avaient fait jusque-là. La découverte des civilisations byzantine et arabe plus policées, plus luxueuses que la leur, avait révélé aux meilleurs d'entre eux ce que pouvait être la délicatesse du cœur, des manières, de la culture.

En second lieu, les femmes, de leur côté, avaient également évolué. Celles qui étaient parties en Terre Sainte comme celles demeurées sur place, confrontées les unes et les autres à des données inédites, avaient pris goût à une liberté

d'allure, à des initiatives, à des activités qui leur paraissaient préférables et séduisantes.

L'abandon progressif du droit romain pour le retour vers un droit coutumier d'origine celtique établissant l'égalité des droits masculins et féminins vis-à-vis de la loi, vint, par ailleurs, renforcer ce courant.

Le culte marial qui vouait à la Vierge une adoration sans seconde allait, lui aussi, dans ce sens.

Il faut dire que le moment était bien choisi pour établir un nouveau code de vie. La paix et l'équilibre général du XIIe siècle, puis ensuite du XIIIe, époque de stabilité économique, sociale et démographique, donnaient aux hommes des loisirs et éveillèrent en eux le besoin de créer un art de vivre différent de ce qu'ils avaient accepté jusqu'à présent. Le développement de la culture, de l'instruction, des plaisirs intellectuels et artistiques poussa chacun à se vouloir délicat et, surtout, en amour.

C'est alors, toutes les conditions étant réunies, que se produisit l'évolution découlant de tant de changements. Transfigurée, la femme devint la *dame*. Son pouvoir fut immense.

Sur les traces de Guillaume d'Aquitaine, le premier d'entre eux, troubadours et trouvères inventèrent la *fin'amor*, formule que nous avons traduite par « amour courtois » et qui n'était rien d'autre que la dévotion envers l'Élue.

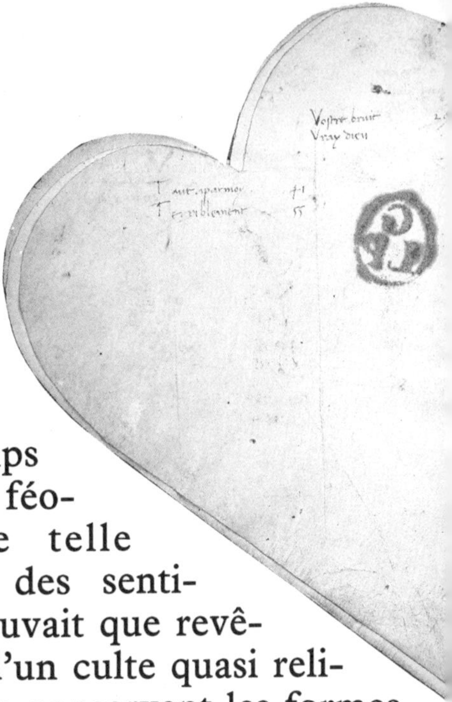

En ces temps de foi et de féodalité, une telle sublimation des sentiments ne pouvait que revêtir l'aspect d'un culte quasi religieux tout en conservant les formes du service féodal : le mot hommage qui, pendant des siècles, avait désigné une relation de dépendance entre suzerain et vassal, devint le signe de l'entière soumission à la Dame. Ces liens d'homme à homme se transformèrent en ceux de l'amant envers sa bien-aimée.

Pénétrés de la certitude que toute vertu procédait de l'amour, ils adorèrent la femme comme un espoir terrestre.

La simple fonction reproductrice,

le caprice brutal et épisodique du soudard cédèrent la place à un sentiment exalté qui amena nos ancêtres à proclamer que le corps de la femme était l'écrin matérialisé de valeurs immatérielles et que les voies de l'Esprit passaient par la joie d'aimer. S'ils admettaient que le charme féminin suscitait le désir, ils proclamaient cependant que l'instinct, transfiguré, transcendé, pouvait se commuer en stimulant des plus nobles penchants de l'âme.

Ils décrétèrent que celui qui éprouvait un amour véritable était capable de tous les courages et qu'il devait, si sa Dame lui imposait des épreuves cruelles, parvenir, par sa souffrance même, à un dépassement de soi.

L'amour courtois use d'un rituel qui exclut tout vulgarité, établit un code d'honneur, exige la fidélité. Entre l'ascèse monastique et la brutalité guerrière, la Courtoisie découvrit un chemin intermédiaire, celui de la civilité, sur lequel la femme tenait le haut du pavé.

L'amour courtois se révéla donc comme la voie royale du couple. Depuis huit siècles, il a pu changer de nom et de visage, devenir galanterie au XVIe siècle, préciosité au XVIIe, marivaudage au XVIIIe, passion torrentueuse des romantiques, et esprit romanesque au XXe, derrière ces masques et ces modes, il a défié le temps !

Il n'en reste pas moins vrai que la grande époque de son triomphe, que le moment où il régna sur les corps et les cœurs sans partage, demeurent les lumineux siècles médiévaux qui l'ont inventé, nourri, élaboré.

La sublimation de la femme et de l'amour a, en réalité, lentement évolué durant les trois siècles où elle resta ce que nous pourrions nommer dans notre jargon actuel « l'idéologie dominante ».

Dans un premier temps, la *dame*, au sommet de son prestige, conduisait son adorateur, toujours platonique, à parvenir par son intermédiaire à un haut degré de valeur morale, nommé courtoisie parfaite. Mariée par définition à un haut

seigneur, elle demeurait intouchable, bien que pouvant accepter de se montrer nue à l'élu de son cœur, de le laisser assister à sa toilette ou à son coucher. Elle allait même parfois jusqu'à consentir à ce qu'il la prenne dans ses bras et, à la limite, lui permettait de s'étendre sur sa couche à condition d'être toujours séparé d'elle par un drap !

C'était là jouer avec le feu !

Il ne faut donc pas s'étonner si une discipline amoureuse, à la fois aussi élaborée et aussi difficile à respecter a, peu à peu, changé d'aspect pour s'orienter vers une reconversion. C'est alors que nous assistons à la valorisation de la jeune fille. Fiançailles et mariage remplacent l'amour adultère, même à demi chaste. C'est le moment où l'union de l'homme et de la femme est considérée comme l'unique réponse aux interdits de la Courtoisie.

Il est d'ailleurs bon de souligner que, jamais, l'Église n'imposa à ses fidèles des obligations aussi rigoureuses et aussi despotiques que celles célébrées et imposées par les inventeurs de l'amour courtois.

La nature humaine étant ce qu'elle est, la *fin'amor* ne pouvait pas rester bien longtemps attachée à ses principes de départ.

Finalement, il ne subsista de cette éclosion mystique et chevaleresque que l'auréole de l'amour-passion parvenue à durer en dépit des changements de mœurs, ainsi que la continuité à travers les âges de valeurs esthétiques et morales qui avaient toujours été totalement étrangères aux préoccupations de l'Antiquité.

La Courtoisie et ses suites se révèlent, en définitive, comme un apport original et singulier de notre civilisation occidentale et chrétienne. Sans doute, le plus grand.

Jeanne Bourin

l'imagerie courtoise

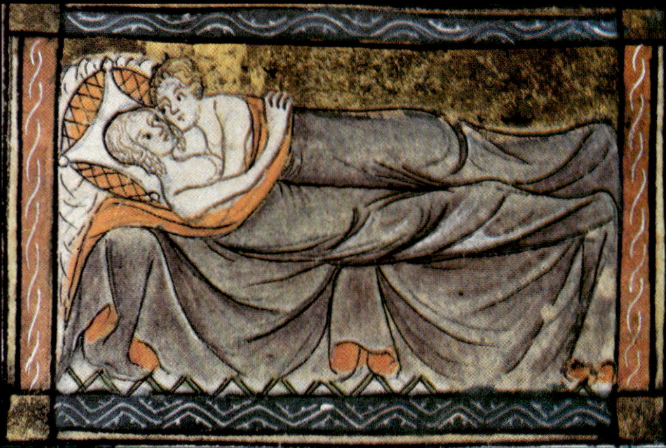

lasse ptir por trestoute ma
tree. He las qui porroit ge
sir une nuit lez son coste.
re der nos doint ioir de ce qua
uez desirre. Robert ie mecre
morir q̃nt il lont fait maugre

Roy de

Signor sa

chiez qui or

ne sen ira en cele terre ou dex

fu morz & vis. & qui la croiz dou

tremer ne prendra a poinnes

mais ira en padis qui a en soi

pitie ne remembrance au haut

en ce temps-là...

« C'était comme si le monde s'était secoué pour se débarrasser de sa vétusté et qu'il revêtait de toutes parts un blanc manteau d'églises. »

Cette note du chroniqueur français Raoul Glaber, consignée vers 1060, traduit bien le nouvel esprit qui souffle sur l'Europe dès le milieu du XIe siècle. Émergeant des tumultueuses invasions barbares du Haut Moyen Age et des terreurs de l'an mille, la civilisation médiévale s'épanouit, rayonne, bien loin de revêtir le voile d'obscurantisme dont on l'a souvent affublée. Unifiées sous le signe de la chrétienté, les populations commencent à récolter le fruit des progrès lents et continus accomplis par leurs ancêtres.

Outre une forte poussée démographique comme c'est souvent le cas en période de paix, le premier indice de cette renaissance est la relance de l'économie et du commerce, phénomène qui constitua l'un des tournants majeurs de l'histoire du monde. Dans les campagnes, les paysans, mieux outillés, défrichent, déboisent, pour mettre de nouvelles terres en culture. Certaines régions produisent des surplus qui les préservent, ainsi que les seigneurs dont ils dépendent, des grandes famines. Sur les routes, les marchands colportent leurs marchandises de ville en ville, de village en village. Le troc qui régissait auparavant les transactions commerciales fait place aux échanges opérés sur la base d'une monnaie sonnante et trébuchante. Le grand commerce international est relancé. Les voies fluviales ne suffisant plus, on s'aventure sur les mers. Les ports italiens, Gênes, Pise, Venise, renforcent leurs liens avec Constantinople. Ils importent des épices, de la soie, du coton, et les célèbres draps des Flandres dont la réputation est solidement assise depuis plusieurs siècles. Le succès des échanges européens entraîne l'établissement d'une route terrestre reliant les Flandres à l'Italie. Elle deviendra bientôt l'un des axes principaux du commerce international. Sise à mi-chemin, la foire de Champagne attire des commerçants de plus en plus nombreux. On y trouve de tout, des marmites aux armures, des selles en cuir aux charrettes et roues. Ces marchandises sont ensuite revendues aux colporteurs qui desservent une clientèle locale.

L'expansion du commerce engendre une véritable explosion de la vie urbaine. Dans le midi de la France, l'activité commerciale se concentre sur les vieilles cités romaines. Dans le Nord, on bâtit des faubourgs autour d'enclaves commerciales. L'afflux des populations dans les villes, la prolifération des petits métiers provoquent une profonde mutation de la société, tant matérielle que morale. Un besoin de paix et de sécurité pousse les citadins à s'unir et à obtenir des franchises. Le mouvement communal accompagne pas à pas l'essor urbain tandis qu'une nouvelle classe apparaît, celle des bourgeois, dont la puissance sans cesse grandissante rivalisera bientôt avec celle des nobles.

Le développement des villes contribue largement à l'épanouissement de la culture. Au XIe siècle, les écoles urbaines prennent le pas sur les écoles monastiques. Pendant le Haut Moyen Age, les connaissances étaient le privilège du clergé. Désormais, elles sont largement diffusées. Certes, l'enseignement reste l'Église : les écoles épiscopales sont placées sous la dépendance d'un écolâtre représentant l'évêque, mais elles ont de plus en plus tendance à secouer cette tutelle. Les élèves s'initient aux « Sept Arts Libéraux » (grammaire, réthorique, logique, arithmétique, géométrie, musique et astronomie), préparant à l'entrée dans les universités qui se créent dans les grandes villes. Dès le milieu du XIIe siècle, Paris rassemblait dans l'île de la Cité et sur la rive gauche de la Seine des maîtres renommés et une foule d'étudiants turbulents dont la vie n'était guère différente de celle des étudiants du XXe siècle. La soif d'apprendre est un trait distinctif de la renaissance médiévale. On redécouvre les auteurs antiques, dont on apprécie le goût du beau langage. Une littérature en langue vulgaire se développe en marge de la littérature latine, savante. *La Chanson de Roland,* geste épique de la fin du XIe siècle où sont exprimés les plus purs sentiments de la chevalerie, connut un tel succès que sa renommée dépassa nos frontières.

Autre signe non moins éclatant de cette renaissance, les populations construisent, avec une ardeur et un dynamisme époustouflants. Jamais sans doute n'aura-t-on charrié autant de pierres ni remué de terre qu'en cette période où l'art roman atteint sa maturité, préparant l'art gothique qui triomphera au XIIIe siècle avec ses somptueuses cathédrales fièrement dressées au cœur des cités. La construction des églises fait l'objet d'une sorte de surenchère : « Une

véritable émulation poussait chaque communauté à en avoir une plus belle que celle des voisins », observe Raoul Glaber. Plusieurs grands chantiers s'ouvrent entre 1060 et 1120 : Saint-Martial de Limoges, Sainte-Foy de Conques, Saint-Sernin de Toulouse et, surtout, la basilique de Saint-Jacques-de-Compostelle. Les reliques du saint apôtre jettent sur les routes de France une cohorte de pèlerins, de marchands et d'aventuriers de tous poils.

Cet art se manifeste également dans les ordres monastiques, à Cluny notamment, où l'abbaye bourguignonne est à la tête dès la fin du XIe siècle de ce que l'on peut appeler un empire, puisque près de 1 500 monastères sont sous sa dépendance desservis par 10 000 moines. L'ordre de Cîteaux, récemment créé, dont les aspirations religieuses, de pureté et d'ascétisme, sont plus exigeantes que celles du Cluny à une époque où les richesses du clergé sont fréquemment critiquées, contribue lui aussi à la construction de nouveaux édifices, sobres et dépouillés, comme l'abbaye de Fontenay, près de Dijon.

« Voulez-vous être mon homme ? – Je le veux. »

Il est impossible de parler de l'amour courtois sans évoquer la chevalerie. Cette sorte d'amour est en effet réservée à la classe noble : aux « vilains » et aux bourgeois le banal, le vulgaire, les basses attirances. Seuls les nobles vivant dans l'entourage d'un puissant seigneur peuvent, lorsqu'ils possèdent les règles de la courtoisie, accéder à la *fin'amor*, l'amour parfait.

Née au moment des grandes invasions barbares, période d'insécurité qui incita les petits à rechercher la protection des puissants seigneurs, la féodalité est solidement implantée au XIe siècle. Au sens strict, ce sont les liens qui unissent le vassal à son suzerain : l'hommage et le fief. Le vassal engage sa personne, sa foi et sa fidélité au service d'un homme qui, en échange, lui promet protection et assure sa subsistance par l'octroi d'un fief. L'entrée en « vasselage » se fait selon un rituel précis : le vassal, tête nue et à genoux, place ses mains jointes entre celles de son seigneur pour lui prêter hommage et prononcer un serment de fidélité que vient renforcer un baiser de paix. En retour, son seigneur lui remet solennellement un fief, symbolisé par une poignée de terre ou un gant. Dès lors, un lien personnel, familial attache les deux hommes : ils se doivent mutuellement respect, conseil et les enfants du vassal seront élevés par le seigneur.

Au cœur de ce système féodal, les chevaliers, soldats-vassaux, qui, parce qu'ils pratiquent le métier des armes, signe de leur supériorité, jouissent d'un prestige de plus en plus grand. Ils s'érigent en caste, en confrérie dotée d'un code d'honneur qui lui est propre, opérant ainsi une fusion entre la notion de noblesse et celle de chevalerie. « Si tout noble n'est pas chevalier, tout chevalier passe pour noble », dit-on alors. Le métier des armes exige que l'on soit libre, et riche surtout, pour pouvoir acquérir un heaume, un haubert, un ou deux destriers. Mais il ne suffit pas de posséder des biens, il faut également consacrer beaucoup de temps à la préparation militaire, s'entraîner sans relâche dans de furieux et sanglants tournois. Tout chevalier digne de ce nom doit, pour soutenir cet entraînement, posséder de grandes qualités et en fournir la preuve publique : ce sont les cérémonies de l'adoubement où l'impétrant, un adolescent parvenu à l'âge d'homme, est armé par un chevalier de renom et jugé dans des exercices sportifs par ses futurs pairs. L'Église intervient très tôt dans la cérémonie de l'adoubement en la sacralisant, bénissant les armes du chevalier et exigeant de lui qu'il jure de consacrer son épée au service de Dieu et à la défense de la justice.

L'Église a en effet fort à faire pour tempérer l'ardeur belliqueuse de ces guerriers et pour mettre un peu d'ordre dans les guerres incessantes que les seigneurs se livrent entre eux. Au Xᵉ siècle, elle impose la Paix de Dieu, qui doit être respectée lors de certaines manifestations religieuses afin de mettre les pauvres et les faibles à l'abri des guerres, puis, au XIᵉ siècle, la Trêve de Dieu, interdisant aux chevaliers de faire usage de leurs armes certains jours de la semaine. Elle va même plus loin en canalisant cette vitalité guerrière dans l'appel à la croisade : en novembre 1095, le pape Urbain II exorte les chrétiens à prendre la route du Saint-Sépulcre, pour la défense des Lieux Saints : « A tous ceux qui partiront et qui mourront soit sur terre soit sur mer, ou qui perdront la vie en combattant

les païens, la rémission de leurs péchés sera accordée. » L'enthousiasme soulevé par l'appel à la première croisade est immédiat, immense. Des milliers de croisés, une pièce d'étoffe en forme de croix cousue sur leurs vêtements, s'empressent de prendre la route, entraînant dans leur sillage une foule de marchands et d'aventuriers. Mais, quels que soient leurs motivations et les résultats souvent contestables des croisades, pour les Occidentaux la découverte de l'Islam, encore inconnu en Europe, est incontestablement un grand choc. Ceux que la mort n'aura pas fauchés en Terre Sainte reviendront éblouis par le faste, le luxe, d'une société beaucoup plus raffinée que la leur.

Ces contacts avec le monde arabe, ajoutés à une relative prospérité économique, favorisèrent dans le midi de la France une profonde transformation des mœurs et l'épanouissement

dans les cours seigneuriales d'un nouvel art de vivre : la courtoisie. Avec l'accroissement du confort, on aime à s'entourer d'un plus grand nombre de fidèles, de domestiques de plus en plus spécialisés, comme les fauconniers, les barbiers, les cuisiniers, etc. Le goût des beaux vêtements et des bijoux va également croissant : riches étoffes aux vives couleurs, fourrures, pierres précieuses... La richesse ainsi étalée au grand jour procure un grand prestige. Elle est même l'une des grandes règles de la courtoisie, conduisant maints seigneurs à des actes extravagants, tel celui qui fit labourer un champ pour y faire semer trente mille écus tandis que ses pairs ne tarissaient pas d'éloge sur la valeur et la courtoisie de son geste. Outre les qualités chevaleresques (le courage, la vaillance, l'habileté au maniement des armes), l'homme courtois doit faire montre d'une bonne éducation et

d'un raffinement des manières : il est fidèle et loyal à l'égard de son suzerain, respecte Dieu et la religion, fait l'éloge de la mesure, de l'humilité et de la serviabilité, condamne la médisance et évite les querelles. Et, surtout, il opère un transfert de la notion de service du seigneur à la Dame, qui devient l'inspiratrice des vertus et occupe une place de plus en plus grande au sein de la société courtoise.

L'image de la femme, dans le regard des hommes du XIIe siècle, fait l'objet de deux courants littéraires totalement contradictoires : certains poètes, dans leurs proverbes, pamphlets et fabliaux, traduisent souvent en termes crus leur défiance à l'égard du sexe féminin : la femme est fille d'Eve, la tentatrice, épouse volage et coquette qui conduit son mari à la ruine, marâtre acariâtre et perverse. A l'inverse, ces mêmes poètes glorifient les saintes, les femmes vertueuses, chantent les louanges de la Vierge Marie. Le culte marial prit une ampleur extraordinaire qui vint sans doute adoucir et nuancer le terrible jugement que les hommes portaient sur leurs conjointes. L'Église elle-même, passant outre sa traditionnelle et profonde misogynie, s'intéressa de près au sort de la femme. Elle tenta de donner à l'épouse une situation d'égale à l'égard de l'homme, en exigeant le consentement des deux époux lors du mariage. Auparavant, seul l'homme décidait. La cérémonie du mariage est sacralisée, bénie par un prêtre. Et, puisqu'il faut également protéger la femme contre son mari, il est ordonné à celui-ci de lui constituer un douaire, un capital, dont le montant est fixé au tiers ou à la moitié de ses biens selon les régions. La répudiation, si fréquente durant le Haut Moyen Age, est interdite, l'adultère sévèrement condamné. Le divorce n'est autorisé qu'en trois cas seulement, lorsqu'ils s'accompagnent d'une enquête de bonne moralité effectuée par un prêtre et de la consultation d'un certain nombre de témoins : la stérilité ou l'impuissance, la consanguinité étendue au septième degré de parenté, et l'ordination ultérieure de l'un des conjoints.

Les femmes du petit peuple et les bourgeoises jouissent d'une assez grande liberté, que l'abandon du droit coutumier et le retour au droit romain leur ôteront progressivement à partir du XVe siècle. Majeures à douze ans, elles sont libres de gérer leurs biens, de se marier, d'entamer une action en justice, d'hériter, de voter même ! Bien des métiers leur sont également accessibles. Pour la femme noble, il en va tout autrement : dans l'univers violent, agressif, essentiellement viril des châteaux, elle ne compte guère. Son sort est lié à la terre, seule garantie du pouvoir. Aussi est-elle une monnaie d'échange pour les seigneurs qui désirent accroître leurs biens et s'assurer une descendance. Les fillettes sont promises, parfois dès leur naissance, à des hommes souvent bien plus âgés qu'elles. Leur rôle est pourtant non négligeable puisqu'en l'absence de leur époux qui, lorsqu'il n'est pas en guerre, s'adonne à la chasse, c'est à elles de gérer et d'administrer leurs biens.

Par bonheur, les troubadours vinrent mettre un peu de charme et d'agrément dans les relations de chevalier à dame lorsqu'ils se feront les chantres de l'amour courtois.

Ces « trouveurs » de langue d'oc (« troubadours » vient de « trobar », trouver), qu'ils soient

comtes ou fils de serf, appartiennent à la cour du seigneur dont ils reçoivent la protection (ou plutôt celle de leur épouse). Ils composent des chansons qu'ils chantent généralement eux-mêmes à moins que, s'en sentant incapables, ils n'en confient l'exécution à un jongleur. Leur activité est véritablement une nouveauté, une création qui s'insère parfaitement dans la renaissance du XIIe siècle. Ils subirent vraisemblablement l'influence de la brillante civilisation arabo-andalouse et, tout d'abord, du folklore méridional : lors des fêtes de mai, garçons et filles se réunissent pour chanter et danser ensemble dans les prés. On ne se marie jamais au moi de mai car, pour célébrer le retour du printemps, les hommes et les femmes se courtisent librement. Les « ballades » populaires sont, à ce point de vue, bâties autour du thème de la « mal mariée » : les jeunes gens élisent leur reine, une femme mariée, qui se choisit un partenaire autre que son « jaloux » de mari.

Dans les châteaux, où sont renforcés les liens du « lignage », de la parenté, la place de la femme va croissant. Elle règne en maîtresse sur le petit monde des chevaliers et des écuyers, ces jeunes célibataires qui s'entassent à la cour du seigneur. On aime à se distraire et les fêtes sont nombreuses : mariages, adoubements, tournois... Dans le cœur des guerriers sagement ramenés au bercail par l'Église, le prestige de la Dame, l'épouse du seigneur, est considérable. Elle cristallise leurs rêves, leurs désirs, leurs espoirs. Pour elle, comme les poètes arabes, les troubadours exaltent les sentiments amoureux, aspirent à l'union des cœurs, offrant leur soumission en l'échange d'un doux sourire.

Mais avant d'en arriver à l'amour parfait, il y eut d'abord l'amour chevaleresque, représenté par le premier des troubadours connus, Guillaume IX d'Aquitaine, et qui servit de modèle aux romanciers de langues d'oc, les auteurs de *Flamenca, Guillaume de la Barre,* etc. Cette sorte d'amour est dit « réaliste » car il est davantage charnel et imprégné de sensualité que ne le sera la *fin'amor*. Les faveurs de la dame se méritent par la valeur guerrière et l'héroïsme. Le chevalier est soumis au code d'honneur de sa confrérie, qui insiste sur la loyauté et la fidélité. Il doit se montrer prêt à mourir héroïquement pour son amie, tandis que celle-ci est censée le protéger par son amour et lui inspirer vaillance et courage. En récompense, le chevalier espère le don total de sa dame. S'il est souvent adultère, l'amour chevaleresque ne dédaigne pas le mariage puisqu'il ne vise qu'à l'union physique : les seigneurs épousent parfois leur maîtresse après un double divorce. L'amant doit se soumettre à sa dame, même si, en théorie du moins et contrairement à ce que les troubadours vont exalter, il est son égal. Les chansons de Guillaume IX sont volontiers lestes et pleines d'humour, ainsi lorsqu'il se vante auprès de ses amis d'avoir « deux juments », l'une « rétive et sauvage », l'autre donnée à un seigneur ami alors qu'elle était « encore pouliche au pré » mais sur laquelle il s'est réservé « des droits suffisants »... Malgré la grivoiserie qui affleure, de temps à autre, dans les poèmes, l'amour est déjà fortement idéalisé, glorifiant la joie que l'on éprouve à désirer sa dame et à se soumettre à ses volontés.

La deuxième génération de troubadours (Jaufre Rudel, Marcabru, Cercamon) se détache légèrement de l'amour chevaleresque, insistant sur la durée du « service » que l'amant doit

accomplir auprès de sa dame, et sur l'union des cœurs qui devient le principe de toutes les vertus.

Avec Bernard de Ventadour, merveilleux poète, la doctrine de l'amour courtois est véritablement constituée. Celui-ci devient un art, une mystique, une exaltation de l'âme et une délicieuse souffrance. Dans le roman *Eneas*, la jeune Lavine s'étonne de la passion qu'a fait naître dans son cœur la vue du bel Enée. Mais qu'est-ce qu'aimer ? Sa mère se charge de l'instruire :

Pire est amour que fièvre aiguë,
On n'est pas guéri lorsqu'on en sue ;
D'amour il faut souvent suer
Et refroidir, frémir, trembler
Et soupirer et bâiller,
Et perdre le boire et le manger,
Et s'agiter et tressaillir,
Changer de couleur et blêmir,

Geindre, se plaindre, pâlir, rêver
Et sangloter, veiller, pleurer :
Voilà ce que doit faire souvent
Qui bien aime et s'en ressent.

Le cœur des troubadours, il est vrai, est soumis à rude épreuve. Il suffit de les entendre s'écrier : « Las ! je me meurs ! », « Je l'aime tant que mon cœur se brise », ou bien raconter combien la simple vue de leur dame les remplit d'épouvante, pour s'en convaincre. Mais il serait trop hâtif d'en conclure que l'amour courtois n'inspire aux poètes que plaintes et chagrins. Il est avant tout une source de joie infinie et de bonheur sans mélange :

J'ai tant d'amour au cœur,
De joie et de douceur
Que le gel me semble fleur
Et la neige verdure.

La *fin'amor*, épurée du réalisme de l'amour chevaleresque, répond à quelques règles très précises :

• Elle est obligatoirement adultère. Les mariages nobles n'étant pas une affaire de sentiments, il est bien évident que la passion ne pouvait être trouvée qu'à l'extérieur du couple. L'échange des cœurs, la fidélité promise, n'engagent alors plus les biens mais les personnes.

• L'amour courtois exige des amants le secret, non seulement en raison de son caractère adultérin, mais aussi parce qu'il est une chose trop grave et trop importante pour être divulgué. Aussi la *Baillive d'Amour* enseigne-t-elle aux jeunes filles de quitter leur ami à la première heure, le matin, afin que nul ne sache rien de leur liaison, et de feindre l'indifférence lorsqu'ils ne sont pas seuls car, dit-elle, « la joie d'amour porte ses fruits et fleurit si avec prudence on la garde et la nourrit ».

• La dame est toujours de condition supérieure à celle de son amant, un chevalier célibataire. L'attitude de ce dernier, calquée sur le système féodal, doit être pleine d'humilité, de réserve et de soumission. Il est son « homme-lige », son vassal, d'une loyauté et d'une fidélité sans faille. En retour, la dame et l'amour ont le pouvoir d'inspirer au chevalier toutes les vertus, valeur morale et parfaite courtoisie. Car, à force de jucher son amie sur un piédestal, il faut bien que le chevalier se hausse vers elle et s'en rende digne. C'est pour elle qu'il accomplit tout ce qu'il fait : « Je sais que c'est de vous, dame, que me vient tout ce que je fais et dis de bien. » D'où cette croyance caractéristique de la *fin'amor* que seul l'amour peut mener l'homme à la perfection morale puisqu'il engendre et développe à la fois toutes les vertus courtoises :

L'amour n'est pas péché,
Il est vertu qui les mauvais
Rend bons, et les bons meilleurs.

• La dame est lointaine, inaccessible, nimbée de mysticisme. Dans sa conquête amoureuse, le troubadour est confronté à des obstacles, à des épreuves. Le premier obstacle est, bien entendu, le « jaloux » de mari, mais il peut être tout simplement l'éloignement, « l'amour lointain » :

Amour de terre lointaine,
Pour vous tout mon cœur a mal.

L'amant doit gravir une série de degrés qui constituent une méthode de perfection morale. Ses devoirs consistent à plaire à sa dame, à la faire valoir en louant sa beauté et ses vertus, à n'aimer qu'elle tout en respectant la discrétion. Autant les chevaliers courtisaient l'élue en accomplissant des prouesses, quitte à mourir pour elle au combat, autant pour les troubadours l'amour se mérite par la qualité de leurs sentiments, leur sagesse et leur mesure ; s'ils meurent, c'est de désespoir amoureux. En récompense, la dame accorde à son amant un baiser, une étreinte, ou la joie d'admirer sa nudité.

• A toutes les vertus que réclamait l'amour chevaleresque, les troubadours ont ajouté la chasteté, qui est à la fois l'épreuve et la récompense suprêmes : la petite cérémonie de l'« asag » (l'essai) donne à la dame le moyen de vérifier dans quelle mesure son ami, couché à côté d'elle dans une situation extrêmement tentatrice, est capable de la respecter par amour. Tous les subterfuges érotiques sont autorisés : le baiser, l'étreinte, les caresses, à condition qu'il n'en vienne pas au fait, ce qui serait contraire

à la courtoisie. Dans le roman *Flamenca*, l'héroïne soumet son ami Guillaume à l'« asag », ce dont il se tire fort bien, en parfait chevalier courtois. Ce principe de la continence oblige le chevalier à dépasser et à sublimer son désir afin de découvrir le véritable objet de l'amour. En théorie du moins, l'essentiel reste l'échange des cœurs.

• L'amoureux vit dans un état de perpétuelle extase. Ses pensées et ses actions sont subordonnées à la dame que son cœur a élue et dont l'image l'obsède. Perceval, héros de Chrétien de Troyes et archétype du parfait chevalier, demeure ainsi émerveillé, comme endormi, devant trois gouttes de sang qui, se détachant sur le blanc de la neige, lui rappellent les couleurs de son amie. De cette exaltation amoureuse, quasi mystique, le troubadour tire une grande joie, un

état d'âme qui s'apparente au printemps, au vol de l'hirondelle, à la voix claire du ruisseau.

Dans ce désir d'atteindre, par l'amour de la dame, à la perfection des vertus chevaleresques et de la pureté du cœur, les troubadours ont accordé à la femme une place si élevée et si défendue qu'ils lui confient, bien vite, le rôle d'un juge. Dans les cours seigneuriales se développe le goût de débattre des problèmes relatifs à l'amour. Les grandes dames réputées pour leurs connaissances dans ce domaine, et quelquefois les barons, sont appelées à trancher : on débat librement en « cour d'amour », puis l'on rend un « verdict ». André le Chapelain, dans son *Traité de l'amour courtois,* rend compte de plusieurs arrêts rendus à la cour de la reine

Aliénor d'Aquitaine, de la comtesse Marie de Champagne, ou de la vicomtesse Ermengarde de Narbonne, femme de Guillaume IX. Un chevalier se plaint, par exemple, que son amie, avec laquelle il vivait un parfait amour, lui refuse ses faveurs depuis qu'elle a pris époux. Dame Ermengarde trancha, déclarant : « Le fait de se marier lorsque l'on aime déjà n'exclut pas valablement cet amour, à moins que la femme cesse définitivement de s'adonner à l'amour et décide de ne plus jamais aimer. »

Les troubadours eux-mêmes aiment à débattre des questions amoureuses, développant ainsi une véritable casuistique de l'amour : vaut-il mieux être le mari ou l'amant ? Lorsqu'une dame regarde amoureusement l'un de ses soupirants, serre doucement la main du second et presse le pied du troisième, envers lequel de ces trois chevaliers se montre-t-elle la plus sincère ?

Les troubadours ont donné plusieurs genres à la lyrique occitane :

• Le plus répandu est la « chanson », toujours consacrée à l'amour, et composée de cinq ou six couplets bâtis sur les mêmes rimes.

• Avec l'« aube », deux amants, éveillés par le cri du guetteur après une nuit d'amour, déplorent la brièveté de leur bonheur. A l'inverse, dans une « sérénade », le chevalier se lamente des heures, si longues, qui le séparent de son rendez-vous d'amour.

• Le « sirventés » est généralement une satire morale ou politique intervenant dans les querelles entre seigneurs ou pour défendre une opinion personnelle.

• Le « planh » est un chant de deuil : le troubadour fait l'éloge d'un personnage disparu.

• Le « tenson », tout comme le « jeu parti », permet à deux ou plusieurs troubadours de débattre d'une question d'amour dont la conclusion peut être renvoyée à une « cour d'amour ».

• La « romance », qui porte le nom de « pastourelle » lorsque l'héroïne est une bergère, fait le récit d'une aventure amoureuse.

• Enfin, la « ballade », ou chanson à danser, réunit des jeunes gens en une « ronde joyeuse » lorsque reviennent les beaux jours.

Les troubadours connaissent également un genre narratif plus développé qui, bien que rédigé en vers, s'apparente au roman tel que nous le connaissons : c'est, par exemple, *le Roman de Jaufre*, *Guillaume de la Barre* ou *Flamenca*. Ils n'ignorent rien non plus de la « matière de Bretagne », de ces récits de femmes-fées venues de l'Autre Monde pour entraîner le chevalier qu'elles ont élu dans d'extraordinaires aventures héroïco-amoureuses, immortalisés par les « lais » de Marie de France, le cycle du roi Arthur et des chevaliers de la Table Ronde, sans oublier le célèbre *Tristan et Yseut*.

L'influence de la lyrique occitane s'est exercée dans le nord de la France vers 1150, introduite à la faveur des expéditions militaires ou des mariages. Quelques troubadours, comme Bernard de Ventadour, s'illustrent dans les cours septentrionales dont celle, si brillante,

Tristan

d'Aliénor d'Aquitaine. Cette reine cultivée, petite-fille de Guillaume IX, épouse du roi de France Louis VII (qu'elle accompagna à la seconde croisade en 1148) puis du comte d'Anjou Henri Plantagenêt, joua un grand rôle dans la diffusion de l'idéologie courtoise. Sa fille, Marie de Champagne, également, qui se fit la protectrice de Chrétien de Troyes. Le « grand chant courtois » suscita de nombreuses imitations. Entre 1180 et 1200, toute une génération de trouvères reconstituèrent dans leur langue la théorie de l'amour courtois, avec peut-être moins d'ardeur et de fraîche sensualité que les troubadours occitans. Les romanciers s'en inspirèrent à leur tour : Chrétien de Troyes légua à la postérité ses chefs-d'œuvre : *Erec et Enide, Cligès, Perceval ou la Quête du Graal,* et bien d'autres.

De son côté, l'Église condamnera à plusieurs reprises cet amour profane qui va à l'encontre de la morale chrétienne, même si l'emprise du christianisme est telle que l'on en retrouve le vocabulaire dans les chansons des troubadours. Matfre Ermengau, un clerc comme

André le Chapelain, eut bien du mal à concilier les règles de la courtoisie et les principes chrétiens. Dans son *Bréviaire d'amour*, il enjoint vigoureusement les hommes à bien user de cet amour, c'est-à-dire de réserver leurs élans à leurs épouses, dans un seul but : la procréation. A partir du XIIIe siècle, l'Église entoure l'amour courtois d'une réprobation générale. Le *Traité d'amour courtois* d'André le Chapelain est condamné pour offense aux bonnes mœurs, et même interdit sous peine d'excommunication. Pourtant, peut-être pour rassurer les moralistes, ce petit clerc avait ajouté un troisième chapitre à son ouvrage où, après l'avoir porté aux nues, il vouait l'amour courtois aux gémonies.

Dans la première moitié du XIIIe siècle, la croisade des Albigeois ruina la courtoisie occitane en détruisant la civilisation provençale elle-même. La courtoisie survécut sous une forme française, reprise par les bourgeois qui en firent une sorte de manuel du savoir-vivre. Intégrée à la culture française, la poésie provençale se révéla d'une remarquable fécondité : le chant courtois se diversifia,

donnant naissance à des œuvres allégoriques, tel le célèbre *Roman de la Rose,* et à une série de chansons du plus pur type courtois consacrées à la Vierge. Mais, surtout, l'idéologie courtoise a marqué d'une manière indélébile les mœurs de l'Occident : elle est restée l'un des éléments constitutifs de l'amour humain, qui fait qu'aujourd'hui on ne conçoit d'aimer sans passion.

l'imagerie courtoise

les règles de l'amour courtois

C'est à la cour de Marie de Champagne que, pour la première fois, un homme imagina de codifier les lois de l'amour courtois. Le traité De Amore *du clerc André le Chapelain, composé de trois parties (les deux premières font le point sur ce qu'est l'amour, comment le conserver ; la troisième le condamne sans appel), est un ouvrage malicieux et plein d'humour. Voici quelles sont les règles que tout parfait amant se doit de respecter :*

I Le mariage ne doit pas empêcher d'aimer.

II Qui n'est pas jaloux ne peut aimer.

III On ne peut accorder son cœur à deux femmes à la fois.

IV L'amour augmente ou diminue, il se renouvelle sans cesse.

V L'amant ne peut rien obtenir sans l'accord de sa dame.

VI L'homme ne peut aimer qu'après la puberté.

VII A la mort de son amant(e), un délai de deux ans est nécessaire avant de s'adonner à nouveau à l'amour.

VIII Personne ne doit être privé de l'être aimé sans la meilleure des raisons.

IX On ne peut aimer sans y être incité par l'amour.

X Amoureux n'est pas avare.

XI L'amant doit aimer une femme de condition supérieure à la sienne.

XII Le parfait amant ne désire d'autres étreintes que celles de son amante.

XIII L'amour doit rester secret s'il veut durer.

XIV La conquête amoureuse doit être difficile : c'est ce qui donne son prix à l'amour.

XV Le parfait amant pâlit en présence de sa dame.

XVI Quand un amant aperçoit l'objet de son amour, son cœur tressaille.

XVII Un nouvel amour chasse l'ancien.

XVIII Seule la vertu rend digne d'être aimé.

XIX Lorsque l'amour diminue, puis disparaît, il est rare qu'il reprenne vigueur.

XX L'amoureux vit dans la crainte.

XXI La jalousie fait croître l'amour.

XXII Lorsqu'un amant soupçonne son amante, la jalousie et la passion augmentent.

XXIII Tourmenté par l'amour, l'amant dort peu et mange moins.

XXIV L'amant doit agir en pensant à sa dame.

XXV Le parfait amant n'aime que ce qu'il pense plaire à sa dame.

XXVI L'amant ne saurait rien refuser à celle que son cœur a élue.

XXVII L'amant n'est jamais rassasié des plaisirs que lui apporte sa dame.

XXVIII Le plus petit soupçon incite l'amant à soupçonner le pire chez sa bien-aimée.

XXIX Amour ne rime pas avec luxure.

XXX Le véritable amant est obsédé sans relâche par l'image de celle qu'il aime.

XXXI Rien n'empêche une femme d'être aimée par deux hommes et un homme d'être aimé par deux femmes.

poèmes

LA « MAL-MARIÉE »

Ballade de la reine d'Avril

A la venue du temps clair, eya,
Pour ranimer la joie, eya,
Et narguer le jaloux, eya,
La reine veut montrer
Comme elle est amoureuse ;

Loin d'ici, loin d'ici, jaloux !
Laissez-nous, laissez-nous,
Danser entre nous, entre nous !

Elle a fait demander partout, eya,
Qu'il n'y ait jusqu'à la mer, eya,
Pucelle ni bachelier, eya,
Qui ne viennent tous danser
En la ronde joyeuse.

Loin d'ici, loin d'ici, jaloux !
Laissez-nous, laissez-nous,
Danser entre nous, entre nous !

Le roi y vient de son côté, eya,
Pour empêcher la danse, eya,
Car il est en grand effroi, eya,
Qu'on ne lui veuille enlever
La reine avrilleuse.

Loin d'ici, loin d'ici, jaloux !
Laissez-nous, laissez-nous,
Danser entre nous, entre nous !

Mais c'est en vain qu'il s'efforce, eya,
Car de vieillard elle n'a souci, eya,
Mais d'un bachelier agile, eya,
Qui saura bien amuser
La dame savoureuse.

Loin d'ici, loin d'ici, jaloux !
Laissez-nous, laissez-nous,
Danser entre nous, entre nous !

Qui la verrait alors danser, eya,
Et son gentil corps divertir, eya,
Bien pourrait dire en vérité, eya,
Qu'au monde elle est sans pareille
La reine joyeuse.

Loin d'ici, loin d'ici, jaloux !
Laissez-nous, laissez-nous,
Danser entre nous, entre nous !

(ANONYME)

PASTOURELLE

Pastourelle

L'autre jour, près d'une haie,
Trouvais commune bergère,
Pleine de joie et de sagesse.
En fille de paysan elle portait
Cape, jupe et pelisse,
Et chemise de toile,
Souliers et bas de laine.

Je m'approchais d'elle par la plaine :
« Petite fille, dis-je,
J'ai deuil du froid qui vous pique. »
« Seigneur, dit la vilaine,
Merci à Dieu et à ma nourrice,
Peu me chaut que le vent me hérisse
Car je suis allègre et saine. »

« Petite fille, dis-je,
Je me suis écarté de mon chemin
Pour vous tenir compagnie,
Car une jeune vilaine telle que vous
Ne peut mener paître tant de bêtes
En un tel lieu si solitaire ! »

« Galant, dit-elle, qui que je sois,
Je sais distinguer sens et folie ;
Réservez vos belles paroles,
Seigneur, ajouta la vilaine,
Là où il convient
Car tel croit s'en rendre maître
Qui n'en a que l'apparence ! »

« Petite de noble race,
Chevalier fut votre père
Qui vous engendra en votre mère,
Une courtoise paysanne,
Plus je vous regarde, plus vous m'êtes belle
Et votre joie m'illumine,
Si seulement vous étiez plus humaine ! »

« Seigneur, mon lignage et ma famille
Je vois revenir et retourner
A la serpe et à l'araire.
Seigneur, dit la vilaine,
Tel qui se fait chevalier
Devrait travailler de même
Les six jours de la semaine. »

« Fillette, dis-je, une fée gentille
Vous donna à la naissance
Une beauté parfaite
Plus que toute autre vilaine.
Vous seriez doublement belle
Si je me voyais une fois
Moi dessus et vous dessous. »

« Seigneur, vous m'avez tant louée
Que j'en serais fort enviée
Puisqu'en prix vous m'avez élevée
Seigneur, dit la vilaine,
Vous aurez pour récompense
Votre départ, « baille, fou, baille »,
Et l'après-midi perdu. »

« Fillette, un cœur rétif et sauvage
On l'apprivoise par l'usage
Je sais bien, par cette brève rencontre
Qu'avec une jeune vilaine
On peut faire riche compagnie
Par amitié de cœur,
Quand l'un ne trompe pas l'autre. »

« Seigneur, homme pressé par la folie
Jure, promet et donne gage.
Ainsi vous me feriez hommage ;
Seigneur, dit la vilaine,
Mais moi, pour un maigre péage
Je n'engagerai ma vertu
Ni prendrai le nom de putain ! »

« Fillette, toute créature
Retourne à sa nature :
Nous devons nous apparier
Vous et moi, fillette,
A l'abri, loin du pré,
Vous y serez plus en sécurité
Pour faire la douce chose. »

« Seigneur, oui ; mais selon la raison
Le fou recherche la folie,
Le courtois, aventure galante,
Et le vilain, la vilaine ;
Là manque le bon sens
Où n'est pas gardée mesure,
Comme disent les vieilles gens. »

« Belle, de votre figure,
Je n'en vis plus coquine
Ni en son cœur plus traîtresse. »

« Seigneur, la chouette vous prédit
Que l'un rêve devant des images
Quand l'autre attend la manne ! »

MARCABRU

AMOUR DE TERRE LOINTAINE

Chanson

Quant le ruisseau de la fontaine
S'éclaircit comme cela arrive,
Que naît la fleur d'églantier,
Que le rossignol sur la branche
Répète, module et roule
Son doux chant et l'affine,
Il est juste que je reprenne le mien.

Amour de terre lointaine,
Pour vous tout mon cœur a mal,
Et je n'y puis trouver remède
Si je n'entends votre appel,
Attiré par un doux amour
En un verger ou sous courtine
Avec l'amie désirée.

Puisque cela m'est refusé,
Ce n'est merveille qu'il s'enflamme
– Dieu ne l'a pas voulu –
Jamais on ne vit plus noble chrétienne,
Ni Juive ni Sarrazine,
Il est bien repu de manne,
Qui gagne un peu de son amour !

Mon cœur ne cesse de désirer
Celle que j'aime entre toutes,
Et je crois bien que mon vouloir me trompe
Si la convoitise me l'enlève.
Elle est plus poignante qu'épine
La douleur que guérit la joie
Mais je ne veux pas qu'on m'en plaigne.

Sans lettre de parchemin
J'envoie ce vers que l'on chante
En claire langue romane
A Uc le Brun, par Filhol.
Il me plaît que les gens du Poitou,
Du Berry et de Guyenne,
Et les Bretons, s'en réjouissent.

JAUFRE RUDEL

LE RETOUR DU CROISÉ

Chanson

Du grand golfe de la mer
Et des ennuis des ports
Et des dangers du phare
Dieu merci, je suis sorti,
Je peux dire et compter
Combien de malheurs
Et de tourments j'y ai soufferts;
Et puisqu'il plaît à Dieu que je rentre
En Limousin le cœur joyeux,
D'où je partis si triste,
De ce retour et de l'honneur
Qu'il m'accorde, je lui rends grâce.

Je dois bien remercier Dieu,
Qui veut que sain et sauf
Je retourne au pays
Où le moindre jardin
Vaut mieux qu'autre terre
Riche et fertile,
Ne serait-ce que par le bel accueil,
Les nobles gestes et paroles aimables
De notre dame, et les présents
Qu'elle offre avec amour,
Et sa douce semblance,
Valent tous les biens d'autre terre.

J'ai maintenant droit de chanter
Car je vois joie et plaisir,
Délice et galanterie
C'est en votre pouvoir ;
Fontaines et clairs ruisseaux
Me font cœur allègre,
Prés et vergers, tout m'est aimable,
Je ne crains plus ni mer ni vent,
Garbi, mistral et vent ponant,
Ni que ma nef balance,
Je ne redoute plus
Galère ni prompt corsaire.

Celui qui, pour mériter Dieu
Et pour sauver son âme,
Affronte de tels dangers
Fait bien et n'a pas tort.
Mais qui, pour voler
Avec mauvais dessein,
Va en mer où tant de maux l'attendent,
En peu d'heures comme il advient souvent,
Il croit monter mais il sombre,
Si bien que, par désespoir,
Il laisse tout et abandonne
L'âme et le corps, et or et argent.

GAUCELM FAIDIT

« JE N'ADORERAI QU'ELLE ! »

Chanson

Ferai chansonnette nouvelle,
Avant qu'il vente, pleuve ou gèle ;
Ma dame m'éprouve, tente
De savoir combien je l'aime ;
Mais elle a beau chercher querelle,
Je ne renoncerai pas à son lien.

Je me rends à elle, je me livre,
Elle peut m'inscrire en sa charte ;
Et ne me tenez pas pour ivre
Si j'aime ma bonne dame,
Car sans elle je ne puis vivre,
Tant de son amour j'ai grand faim.

Elle est plus blanche qu'ivoire,
Je n'adorerai qu'elle !
Mais, si je n'ai prompt secours,
Si ma bonne dame ne m'aime,
Je mourrai, par la tête de saint Grégoire,
Un baiser en chambre ou sous l'arbre !

Qu'y gagnerez-vous, belle dame,
Si de votre amour vous m'éloignez ?
Vous semblez vous mettre nonne,
Mais sachez que je vous aime tant
Que je crains la douleur blessante
Si vous ne faites droit des torts dont je me plains.

Que gagnerez-vous si je me cloître,
Si vous ne me tenez pas pour vôtre ?
Toute la joie du monde est nôtre,
Dame, si nous nous aimons,
Je demande à l'ami Daurostre [1]
De chanter, et non plus crier.

Pour elle je frissonne et tremble,
Je l'aime tant de si bon amour !
Je n'en crois jamais née de si belle
En la lignée du seigneur Adam.

GUILLAUME IX D'AQUITAINE

1. Jongleur de Guillaume IX.

L'ATTENTE

Sérénade

A un fidèle amant sa dame
Donna rendez-vous d'amour,
Fixant le temps et le lieu.
Et le soir du jour qui devait l'honorer,
Il allait pensif,
Et disait en soupirant :
« Jour, tu croîs pour mon malheur,
Le soir,
Me tue d'un si lointain espoir. »

L'amant était tant pressé
Tant consumé de la joie d'amour
Qui lui serait donnée,
Qu'il craignait de ne pouvoir
Survivre jusqu'au soir,
Et disait en soupirant :
« Jour, tu croîs pour mon malheur,
Le soir,
Me tue d'un si lointain espoir. »

Tout le monde autour de l'amant
S'apercevait de sa douleur
Tant il était troublé
Et le visage en pleurs,
Ce long jour lui était si pénible !
Et il disait en soupirant :
« Jour, tu croîs pour mon malheur,
Le soir,
Me tue d'un si lointain espoir. »

Quel affreux tourment infligé par les astres
Au malheureux sans soutien,
Que nul ne peut aider ! Pensez donc
En quelle langueur était l'amant,
Tout le jour plein de peine ;
Et il disait en soupirant :
« Jour, tu croîs pour mon malheur,
Le soir,
Me tue d'un si lointain espoir. »

GUIRAUT RIQUIER

QUAND VIENT LE JOUR

Aube

En un verger sous feuillage d'aubépine
La dame tient son ami auprès d'elle,
Jusqu'au cri du guetteur ayant vu poindre l'aube.
Oh Dieu ! Oh Dieu ! L'aube ! Comme elle vient
[vite !

Plût à Dieu que la nuit ne prît fin,
Que mon ami ne s'éloignât de moi,
Que le guetteur ne vît ni jour ni aube.
Oh Dieu ! Oh Dieu ! L'aube ! Comme elle vient
[vite !

Beau doux ami, embrassons-nous encore
Dans le pré où chantent les oiseaux,
Aimons-nous bien en dépit du jaloux.
Oh Dieu ! Oh Dieu ! L'aube ! Comme elle vient
[vite !

Beau doux ami, jouons une fois encore,
Dans le jardin où chantent les oiseaux,
Tant que le guetteur ne souffle dans sa flûte.
Oh Dieu ! Oh Dieu ! L'aube ! Comme elle vient
[vite !

Dans la brise légère venue de là-bas,
De mon amant beau courtois et joyeux,
J'ai bu un doux rayon de son haleine.
Oh Dieu ! Oh Dieu ! L'aube ! Comme elle vient
[vite !

La dame est gracieuse et plaisante,
Pour sa beauté maintes gens la regardent,
Et son cœur est plein d'amour sincère.
Oh Dieu ! Oh Dieu ! L'aube ! Comme elle vient
[vite !

(ANONYME)

A UN AMANT INFIDÈLE

Chanson

Il me faut chanter ce que je ne voudrais point,
Tant j'ai à me plaindre de celui dont je suis l'amie ;
Car je l'aime plus que tout au monde :
Et pour lui ni Merci [1] ni Courtoisie ne valent
Ni ma beauté ni mon prix ni mon esprit ;
Je suis trompée et trahie
Comme je devrais l'être, si j'étais laide.

Je me console de ne vous avoir jamais manqué
Ami, je ne vous ai manqué en aucune manière ;
Et je vous aime, plus que Seguin n'aime Valence,
Et il me plaît de vous avoir vaincu d'amour,
Mon ami, car vous êtes le plus vaillant ;
Mais vous me traitez avec orgueil, dans vos paroles et vos [manières,
Et êtes aimable avec tous les autres gens.

Je m'étonne de l'arrogance de votre cœur,
Ami, car j'ai bien raison d'être triste ;
Il n'est point juste qu'un autre amour vous ravit à moi,
Quels que soient les paroles et l'accueil qui vous sont faits.
Qu'il vous souvienne du commencement
De notre amour ! Dieu ne permet pas
Que je sois responsable de notre séparation.

La grande vaillance que votre cœur abrite
Et votre riche prix me sont sources d'inquiétude :
Je n'en connais point, ni lointaine ni proche,
Qui voulant aimer n'incline par vers vous ;
Mais vous, ami, vous avez tant connaissance
Que vous devez bien reconnaître la plus loyale :
Souvenez-vous de notre accord.

Je dois m'aider de mon prix, de ma haute sagesse,
Et de ma beauté, et plus encore de la sincérité de mon cœur ;
Ainsi vous envoie, là-bas, en notre demeure,
Cette chanson qui sera mon messager,
Je veux savoir, mon bel et doux ami,
Pourquoi vous m'êtes si fier et si sauvage ;
Je ne sais si c'est par orgueil ou par malveillance.

Mais je veux que tu dises en outre, messager,
Qu'excès d'orgueil fait grand dommage à maintes gens.

1. Pitié amoureuse.

COMTESSE DE DIE

« LE TEMPS VA ET VIENT ET VIRE »

Chanson

Le temps va et vient et vire
Par jours, par mois et par ans,
Et moi, las ! je ne sais que dire,
J'ai toujours même désir,
Unique, inchangé,
Une je veux et ai voulu,
Dont jamais je n'eus joie.

Tandis qu'elle garde le rire,
A moi douleur et dommage,
Au jeu où elle m'a entraîné
J'ai double chance de perdre :
Un tel amour est perdu
Qui n'est pas partagé,
Jusqu'à ce qu'accord se fasse.

Je devrais dire du mal
De moi-même à bon droit,
Car il n'est pas né de mère
Celui qui sert en vain ;
Si elle ne m'en corrige pas,
Alors ma folie doublera,
« Fou ne craint pas avant les coups. »

Jamais plus je ne chanterai
Et n'irai à l'école d'Eble [1],
Car mon chant ne me sert guère,
Ni mes strophes ni mes airs,
Ni rien que je fasse ou dise,
A ma connaissance ne me profite,
Je n'y vois point de mieux.

Si je fais apparence joyeuse,
Mon cœur est bien triste.
A-t-on jamais vu pénitence
Précéder le péché ?

Plus je prie, plus elle m'est dure ;
Si elle ne devient plus douce,
Il me faudra la quitter.

Pourtant, c'est bien qu'elle me vainc
Toute à sa volonté,
Si elle a tort ou retarde,
Bientôt elle aura pitié,
Ainsi le montre l'Écriture :
S'il est cause de bonheur
Un seul jour en vaut cent.

Je ne la quitterai de ma vie
Tant que serai sain et sauf ;
Après qu'il a germé,
Longtemps le grain se balance.
Et si elle ne se hâte pas
Je ne peux l'en blâmer,
Si demain elle s'amende.

Ah, bon amour convoité,
Corps bien fait, svelte et lisse,
Fraîche chair colorée,
Que Dieu fit de ses mains !
Je vous ai tant désirée
Que rien d'autre ne me plaît.
Je ne veux point d'autre amour !

Douce chose bien enseignée,
Que celui qui vous fit si belle
Me donne la joie que j'attends !

BERNARD DE VENTADOUR

1. Un maître de la lyrique occitane.

L'ESPOIR

Chanson

Dame, le premier jour où je vous vis
Quant il vous plut de vous laisser voir,
J'ôtai de mon cœur toute autre pensée
Et affermis en vous tous mes désirs ;
Vous avez mis en mon cœur, dame, de tels
[désirs,
Par un doux rire et un simple regard,
Que j'en ai oublié le monde et moi-même.

La grande beauté et l'entretien aimable
Et les paroles courtoises et l'amoureux accueil
Que vous m'avez fait m'ont ravi la raison
Et à cette heure, dame, je n'ai pu la ravoir ;
Je vous en fais don, à vous que mon cœur supplie,
Pour exalter et honorer votre prix ;
A vous m'abandonne, homme ne peut mieux aimer.

Et je vous aime, dame, si purement
Que d'autres je ne puis plus aimer
Mais amour permet que je courtise une autre
Croyant éloigner de moi la douleur ;
Puisque je pense à vous à qui la joie se soumet,
J'oublie et fuis tout autre amour,
Je reste à vous qui m'êtes chère au cœur.

Souvenez-vous, s'il vous plaît, de la bonne
[promesse
Que vous me fîtes connaître à mon départ,
Dont j'eus alors le cœur gai et joyeux ;
De l'espoir où vous m'ordonnâtes de rester
J'eus grande joie, même si mon mal s'aggrave,
Et j'en aurai encore quand il vous plaira,
Bonne dame, car je suis en l'espoir.

Aucune souffrance ne m'effraie
Pourvu qu'en ma vie je puisse croire
Avoir de vous, dame, quelque récompense ;
Les douleurs me sont joie et plaisir
Je sais seulement que l'Amour accorde
Qu'un fidèle amant puisse grands torts pardonner
Et souffrir noblement pour gain faire.

Ah ! S'il venait, dame, l'instant attendu,
Que par pitié vous voudriez m'honorer,
Et seulement daigniez m'appeler du nom d'ami !

GUILHEM DE CABESTANH

« TOUJOURS PATIENCE TRIOMPHE »

Chanson

Las ! Je suis comme mort ! – Qu'as-tu, ami ?
– Je suis trahi !
– Pour quelle raison ?
– Car un jour j'ai mis mon espoir
En celle dont la beauté me séduit.
– C'est pour cela que ton cœur souffre ?
– Si fait.
– Ton cœur est-il tant épris ?
– Oui, très fort.
– Tu es donc si près de la mort ?
– Oui, plus près que je ne saurais dire.
– Pourquoi te laisser ainsi mourir ?
– Je suis trop timide et sincère.
– Ne l'as-tu pas priée ?
– Moi ? Par Dieu, non !
– Pourquoi mènes-tu telle plainte
Avant d'avoir connu son désir ?
– Seigneur, elle m'épouvante tant !
– Comment cela ?
– Son amour me tient en grand émoi !
– Tu as bien tort ;
Crois-tu qu'elle va te l'offrir ?
– Non, mais je n'ose m'enhardir.
– Tu risques donc de souffrir longtemps.
Seigneur, et quel conseil dois-je prendre ?
– Bon et courtois.
– Dites-le moi vite !
– Tu iras devant elle sans tarder
Pour t'enquérir de son amour.
– Et si elle s'en offense ?
– Qu'importe !
– Et si elle me répond méchamment ?
– Sois patient,

La patience triomphe toujours.
– Et si le jaloux s'en aperçoit ?
– Alors, vous n'en serez que plus rusés.
Nous ? – Oui, vous ! – A condition qu'elle veuille !
– Il en sera ainsi. – Que dites-vous ? – Crois-moi.
– Soyez donc cru !
– Ta joie te sera bien doublée,
Si tu ne crains de lui parler.
– Seigneur, j'ai souffert telle douleur
Mortelle,
Qu'il faut qu'elle l'éprouve également.
– Ce sera donc ton jugement
Qui t'aidera, et ton ardeur !
– Oui, et ma bonne espérance.
– Prends garde de t'exprimer avec courtoisie !
– Je ne saurais bien m'exprimer.
– Pourquoi donc ?
– Parce que je la verrai.
– Tu ne sauras donc lui parler ?
Tu es à ce point éperdu ?
– Oui, quand je suis devant elle...
– Tu te troubles ?
– Oui, je ne suis plus sûr de rien.
– Ainsi font tous ceux
Qui sont par l'amour menés.
– Oui, mais je forcerai mon cœur !
– Alors, n'attends pas plus longtemps !

– L'Amour me mène
Où chacun sait :
Vit pour son malheur qui meurt d'amour.
Je ne puis donc plaindre mon cœur.

– Vers ton plaisir
Va, ami, avant que tous l'apprennent,
Et ne perds pas ton élan ;
Le bonheur est si vite détruit !

GIRAUT DE BORNEILH

« COMME LA NEF SUR L'ONDE »

Chanson

J'ai le cœur si plein de joie,
Que tout change de nature ;
Fleur blanche, vermeille et jaune
Qu'est pour moi la froidure,
Avec le vent et la pluie
S'accroît mon bonheur,
Aussi mon prix augmente
Et mon chant s'améliore.
J'ai tant d'amour au cœur,
De joie et de douceur
Que le gel me semble fleur
Et la neige verdure.

Je puis aller sans vêtements,
Nu sous ma chemise,
Car le pur amour me protège
De la froide bise.
Mais bien fou est qui, sans mesure,
N'agit pas comme il convient,
Aussi ai-je pris soin de moi,
Depuis que je suis à la recherche
De l'amour de la plus belle
Dont j'attends si grand honneur
Qu'en échange d'un tel trésor
Je ne voudrais Pise.

De son amitié elle m'écarte !
Mais j'ai confiance,
Car d'elle j'ai au moins conquis
Sa belle apparence ;
Et j'en ressens en la quittant
Tant de bonheur
Que le jour où je la reverrai
Je n'aurai plus de tristesse.
Mon cœur est plein d'amour,
Et mon esprit court là-bas
Quand mon corps est ici, ailleurs,
Loin d'elle, en France.

J'ai gardé bonne espérance,
Qui est bien peu d'aide,
Car elle me balance
Comme la nef sur l'onde.
Du mal qui m'accable
Je ne sais où m'abriter.
Toute la nuit je vire et bondis
Sur le bord de mon lit :
Je souffre plus d'Amour
Que l'amoureux Tristan
N'endura de souffrances
Pour Yseut la blonde.

Ah Dieu ! Que ne suis-je hirondelle,
Qui traverse les airs
Et vole à la nuit profonde
Jusqu'en sa demeure ?
Bonne dame joyeuse,
Votre amant se meurt !
Je crains que mon cœur se brise
Si ce tourment ne cesse.
Dame, pour votre amour,
Je joins les mains et adore !
Beau corps aux fraîches couleurs,
Vous me faites tant souffrir !

Il n'est rien au monde
Dont j'ai autant souci,
Je ne puis d'elle entendre dire
Sans que mon cœur ne tourne,
Que mon visage ne s'éclaire ;
Quoi que vous m'entendrez dire
Aussitôt il vous semblera
Que j'ai envie de rire.
Je l'aime d'un amour si pur
Que maintes fois je pleure
Car ont meilleure saveur
Pour moi les soupirs.

Messager, va et cours,
Et dis à la plus belle
La peine et la douleur
Que j'endure, et le martyre.

BERNARD DE VENTADOUR

LA JOIE

Chanson

Avec le gracieux printemps,
Quand je vois les belles couleurs
Des fleurs des vergers et des prés,
Et que j'entends de toutes parts
Les oisillons chanter doucement,
Je veux faire
Une chanson élégante
Qui plaise aux amoureux,
Et à ma dame avant tout
Qui me donne l'art de trouver.

Bien doivent les amants
Servir Amour de tout leur cœur,
Car l'amour n'est pas un péché,
Il est vertu qui les mauvais
Rend bons, et les bons meilleurs,
Et met l'homme en chemin
De toujours bien faire ;
Et d'Amour provient Chasteté,
Car qui met en Amour ses pensées
Ne peut ensuite mal agir.

Et puisque l'amour a tant de prix
Elles sont bien folles
Les dames en qui réside beauté,
De n'aimer les hommes de valeur
Quand elles connaissent ce prix en eux ;
Car ensuite leur plairaient
Joie et courtoisie,
Et chant, et tout beau plaisir ;
Mais elles ne feront pas chose si sensée
Si Amour ne les y invite.

Amour, de vous fais l'éloge,
Car vous me faites aimer la plus belle ;
Je me suis ainsi élevé si haut
Que la mort même m'est un honneur,
Tant est grande sa noblesse ;
Et si j'en avais quelque joie,
Je sais que je ne mourrais pas,
Mais je vivrais pleinement heureux.
Si tel n'est pas le cas, je mourrai sans
[tarder,
Car je l'aime tant que cela me brise le cœur.

Qui voit vos fraîches couleurs,
Belle que j'adore,
Vos yeux changeants et vos sourcils
[délicats
....
D'une splendeur naturelle
Tout homme perd sa tristesse
Quand il vous regarde, amie.
Et moi, las, qui l'aime plus que tout,
Je meurs, quand je vois ce corps gracieux
Tant de désir il m'étreint.

Noble prix déchoirait
Si ne le soutenait
Le glorieux roi de Castille [1],
Qui agit en tout avec tant de noblesse
Qu'on ne peut rien lui enseigner.

GUILHEM DE MONTANHAGOL

1. Le roi de Castille tenait une cour brillante et réputée. Quelques troubadours y séjournèrent.

POUR PAYER A L'AMOUR LE CENS

Chanson

Amour me convie et me sollicite
Pour que je chante et fasse savoir
Comment il me tient en son pouvoir
Et s'il m'est ou non trop cruel ;
Et puisqu'Amour et la saison nouvelle m'y incitent,
Il faut bien qu'en chantant je raconte
Comment m'encourage et m'apaise
Une joie entrée en mon cœur,
Qui m'a conquis par bon espoir.

De tous les biens qui sont en amour,
J'ai maintenant quelques plaisirs,
Car j'ai mis tout mon espoir,
Mes pensées et mes efforts
En l'amour d'une belle dame gracieuse,
Et suis aimé d'une pucelle,
Et quand je trouve une fille de joie,
Je m'amuse à ma guise
Et pourtant je ne suis pas moins courtois
Envers amour si je le coupe en trois.

Amour veut bien que par raison
J'aime ma dame pour augmenter mon prix,
Et la pucelle pour la posséder,
Et surtout qu'il m'est bon
Si c'est avec une jeune fille en prime selle.
Quand elle est fraîche et nouvelle,
Dont je ne dois craindre trahison,
Je m'arrange pour être couché avec elle
Un soir ou deux par mois,
Pour payer à Amour le cens [1].

Il ne sait rien d'amour courtois
Qui veut tout de sa dame.

Ce n'est pas courtois d'en venir au fait,
Ni d'offrir son corps en récompense.
En obtient-on l'anneau ou le cordon,
Et qu'on se croit roi de Castille.
La cour d'amour vraie
Prend les cadeaux et, quand peut, baise ;
Que merci garde le surplus
En trésor, et rien n'en donne.

Franche pucelle de saison
Me plaît, quand elle est de belle apparence
Et vient s'asseoir à mon côté,
Quand je suis venu en sa maison ;
Et si je veux lui baiser la joue,
Ou lui presser un peu le sein,
Qui ne bouge, ni se tourne ou s'émeut
Mais au contraire s'efforce de me serrer
Jusqu'à ce que baiser soit pris
Et doux toucher du lieu défendu.

De la vaillante et gracieuse fille de joie
Je souhaite qu'elle me donne, peu priée,
Tout ce qu'Amour veut au lit,
Et ne fasse ni querelle ni dispute
Pour ôter chemise et gonelle,
Mais danse au son de la vielle
Et ne se soucie de renoncer
A faire tout ce qu'Amour la presse ;
Et si à ce jeu-là elle en connaît davantage,
Qu'elle ne craigne pas de l'enseigner.

DAUDE DE PRADAS

1. L'impôt.

UN DÉBAT D'AMOUR

Jeux partis

(Savaric) « Gaucelm, je vous propose trois jeux d'amour
A vous et à sire Uc.
Choisissez chacun le meilleur
Et laissez-moi celui que vous voudrez :
Une dame a trois soupirants,
Leur amour la tourmente tant
Que, lorsqu'ils sont devant elle,
Pour chacun elle mime l'amour ;
Elle regarde l'un amoureusement,
Serre doucement la main du second,
Presse en riant le pied du troisième.
Dites-moi auquel, en agissant ainsi,
Témoigne-t-elle du plus grand amour. »

(Gaucelm) « Seigneur Savaric, sachez bien
Qu'il a reçu la plus douce faveur
L'ami que, franchement, sans félonie,
Elle regarde de ses beaux yeux sincères.
Cette douceur vient du cœur
Et l'honneur en est centuplé.
Quant au serrement de main,
Il n'a ni profit ni dommage,
Car c'est un plaisir courant
Que font ces dames, en guise d'accueil ;
Je ne prête attention à la pression du pied,
Je doute que la dame le fasse par amour
Ni même que ce soit un signe d'amour. »

(Uc) « Gaucelm, vous parlez à votre aise
Mais ce n'est pas avec raison ;
D'une œillade je ne vois guère de profit
Pour l'amant dont vous prenez le parti,
Et s'il en trouve un il est fou,
Car si les yeux le voient, ils voient aussi ailleurs,
Et c'est leur seul pouvoir.
Mais, quand la blanche main sans gant
Étreint son ami doucement,
L'amour vient du cœur et de l'âme.
Que sire Savaric, qui excelle au jeu parti,
Défende la courtoise pression du pied,
Je ne veux point m'en charger. »

(Savaric) Sire Uc, puisque vous me laissez le meilleur,
Je ne refuserai pas de le défendre ;
Je dis que la pression du pied
Fut faite par pure amitié
Cachée aux médisants ;
Et il semble, si elle y eut recours,
Pressant l'ami tout en riant,
Que son amour est sans tromperie.
Fait erreur qui croit qu'un serrement de main

Est signe d'un plus grand amour.
Pour Gaucelm je ne pense point
Qu'il eût attaché grand prix au regard
S'il était d'amour aussi savant qu'il dit. »

(Gaucelm) « Seigneur, vous qui blâmez le regard,
Et le charme des yeux,
Vous ne savez pas qu'ils sont les messagers
Du cœur, mandés par lui ;
Les yeux dévoilent aux amants
Ce que le cœur retient par peur.
D'eux viennent tous les plaisirs d'amour ;
Tandis que, pour rire ou jouer,
Elle peut presser le pied de maintes gens
La dame, sans autre intention.
Sire Uc défend une erreur,
Car serrement de main n'est rien
Je ne crois pas qu'il soit preuve d'amour. »

(Uc) « Gaucelm, vous parlez contre Amour
Vous et le seigneur de Mauléon ;
Il ressort de cette tenson
Que les yeux que vous avez choisis
Et auxquels vous accordez tant de prix,
Ont trahi maints soupirants.
Et si la dame au cœur félon,
Me pressait le pied pendant un an,
Je n'en aurais le cœur joyeux ;
Mais de la main sans conteste,
Une étreinte vaut cent fois plus,
Car si l'amour n'eût pris le cœur,
Jamais la dame n'eût donné sa main. »

(Savaric) « Gaucelm, vous êtes vaincus en ce débat,
Vous et sire Uc, sans aucun doute,
Et je veux qu'on fasse jugement
Mon « Garde-corps » qui m'a conquis,
Et dame Marie, dont grand est le prix. »

(Gaucelm) « Seigneur, je ne suis point vaincu,
On le verra bien au jugement,
Où je veux que soit aussi présente
Dame Guillelma de Benauges
Avec ses dits d'amour courtois. »

(Savaric) « Gaucelm, j'ai tant de bonnes raisons
Que je peux lutter contre vous deux ;
Et j'en sais une au gai corps charmant,
A qui l'on pourrait soumettre le jugement ;
Mais je pense que deux dames suffisent. »

SAVARIC DE MAULÉON, GAUCELM FAIDIT, UC DE LA BACHÉLERIE

ÊTRE L'AMANT OU LE MARI ?

Tenson

« Dites-moi votre avis
Élias, au sujet d'un parfait amant
Qui aime d'un cœur sincère
Et que l'on aime sans tromperie ;
Que doit-il désirer le plus
Selon la juste raison d'amour :
Être l'amant ou le mari,
Quand il arrive qu'on lui donne le choix ? »

« Cousin, j'ai le cœur d'un parfait amant
Et non celui d'un fourbe,
Je tiens donc pour très grand honneur
D'avoir une amie belle et distinguée
Pour toujours, que de l'avoir un an ;
Je choisis le mari courtois
Qui peut demeurer toujours auprès de sa dame ;
D'autres amours, j'en ai vu maints brisés. »

« Ce qui nous améliore,
Élias, je le tiens pour meilleur,
Et je tiens pour fâcheux
Ce par quoi l'homme s'amoindrit.
Par la dame on monte en prix
Et par l'épouse on perd valeur,
On rend grâce à l'homme courtisant une dame
Et l'on calomnie celui qui courtise sa femme. »

« Cousin, si vous m'aimiez un peu,
Vous auriez dit là grande folie ;
Rien ne coûte au perfide :
Prendre son plaisir et puis s'enfuir ;
Je veux embrasser, demeurer
Avec ma dame, que j'aime et adore ;
A bon droit elle peut me bannir
Si, quand elle m'appelle,
je lui manquais. »

« Élias, si je refuse mon amie
Pour femme, je ne la déshonore point ;
Je la laisse par crainte
Et par souci de son honneur ;
Je ne puis l'épouser puis la courtiser
Sans commettre une faute grave,
Et si je suis vil et grossier à son égard,
Je manque envers Amour et suis coupable envers elle. »

« Cousin, tenez-moi pour méprisable
Si je ne puis avoir sans gardien,
Sans partage et sans seigneur,
Celle que je désire ;
La joie du mari est sans mélange,
Celle de l'amant est mêlée de chagrin ;
C'est pourquoi je préfère, quoi que l'on dise,
Être un mari joyeux qu'un amant marri. »

« Je m'en remets à dame Marguerite
Élias, elle est la meilleure,
Qu'elle soit juge et que je sois déshonoré
Si ma dame n'aime plus que son mari. »

« Cousin, sa valeur est telle
Qu'elle sait juger une affaire d'amour ;
Et son prix est si rare et si sûr
Qu'elle vous dira qu'ici vous vous êtes trompé. »

GUI ET ÉLIAS D'USSEL

UNE TENTATIVE DE SÉDUCTION

Guillaume de la Barre est chargé de demander la main d'Églantine, la fille du roi d'Angleterre, pour son seigneur, le roi de la Serre (un royaume fantaisiste). Les noces royales sont célébrées, mais, l'une de ses villes étant assiégée, le roi de la Serre part en guerre en confiant à Guillaume le soin de gouverner son royaume et de veiller sur la jeune reine. Églantine, qui dès le premier jour où elle le vit se consume d'amour pour le chevalier, en profite pour tenter de le séduire :

La reine le fit mander
Elle voulait lui parler
Et qu'ils ne fussent que deux
Dans sa chambre, en toute intimité.
Le chevalier se rendit de bonne grâce
A la requête de la dame ;
En sa chambre il entra seul
Et la vit seule, sans demoiselles ;
Il s'assis courtoisement à son côté
Sur le lit,
Plein de gaîté et de bonne volonté,
Et la reine qui le regarde,
Lui dit : « Seigneur de la Barre,
S'il vous plaît, accordez-moi une faveur,
Et n'allez pas me la refuser,
Seigneur, par la foi que vous me devez. »
« – Dame, dites-moi quels sont vos désirs,
Je ferai tout pour vous,
Pourvu que vous préserviez ma foi loyale
Et que nulle trahison ne s'y cache. »
La dame déclare : « Vos paroles me plaisent,
Et je vous dirai mon vouloir,
Et ne me tenez pas rigueur,
Seigneur Guillaume, de ce que veux vous dire.
Vous avez mis dans mon cœur un désir
D'amour parfait qui me vient de vous,
Aussi je vous le dis résolument,
Faites de moi ce qu'il vous plaira
Et soyez-moi aussi intime ami
Que le serait mon mari s'il était ici. »

Monseigneur Guillaume, indigné,
Regarde la dame bien en face,
Mais elle l'embrasse si étroitement
Qu'il ne peut s'en garder.
Que va faire Monseigneur Guillaume ?
Il déclare : « Madame, nulle chose
Ne me ferait mal agir, car la foi,
La loyauté et l'amour
Que j'ai promis à Monseigneur,
Je veux les conserver et les conserverai ;
Aussi je vous dis, dame, sans détours,
J'aimerais mieux être mort. »
Quand la dame l'entend, elle se tord les mains
Et, voyant qu'elle ne peut l'infléchir,
Elle se met à crier :
« A l'aide, seigneurs, venez tous ! »
Elle déchire ses vêtements
Et dénoue ses cheveux.
Le chevalier lui échappe
Et sort de la chambre.
La dame s'empresse de le suivre
En criant : « Saisissez-vous de ce traître
Qui cherche à me déshonorer
Et qui a tenté de me violenter ! »
Et tous de prendre les armes
Tandis que Guillaume saute sur son cheval
Et, sans valet ni compagnon,
Galope aussi vite qu'il peut.

Guillaume de la Barre
ARNAUT VIDAL

Flamenca, fille du roi de Nemours, a épousé Archambaut de Bourbon, mais celui-ci, jaloux, l'a enfermée dans une tour. « Amour » conseille au chevalier Guillaume de Nevers d'aller délivrer la belle captive. Il s'en éprend. Déguisé en prêtre, Guillaume s'entretient avec Flamenca qui, l'invitant dans sa chambre, lui accorde ses premières faveurs, fort courtoises :

Quand deux amants purs et sincères
Se regardent droit dans les yeux comme des égaux,
D'amour véritable, à mon avis,
Leur descend dans le cœur une telle joie
Que la douceur qui naît là
Leur ranime et nourrit tout le cœur.
Et les yeux, par où passe et repasse
Cette douceur qui envahit le cœur,
Sont si loyaux qu'aucun des deux
N'en retient rien pour son profit.
Mais la bouche ne peut s'empêcher,
Dans un baiser, de garder à son avantage
Un peu de cette douce saveur
Avant qu'il n'en arrive quelque chose au cœur.
Et le baiser que sa bouche prend
Est une garantie pour chaque amant qu'il éprouve
La joie parfaite que l'Amour leur donne.
Il n'est pas nécessaire que je m'étende davantage,
Car tout homme qui aime d'amour parfait
Ne trouve d'autre jouissance
Que dans les regards simples et purs...
Plus doux et plus savoureux
Que je ne saurais dire ni faire comprendre,
Même si je devais y penser toujours.
Il sera de mon avis
S'il entend ainsi comme moi.
Les autres qui peuvent prendre un baiser
A leur guise, et tournent ensuite
Pour ôter la ceinture des femmes,
Ne prennent aucun plaisir à cet enseignement.
Mais il en est qui ne sauraient oublier
La joie d'amour qui naît dans les yeux,
Ni dans l'étreinte, ni dans le baiser.
Car ils ne savent pas autre chose
En dehors de ce que Raison et Merci
Et leur conscience leur enseignent :
Que le baiser est le véritable signe
De la joie que le Parfait Amour apporte
Par les yeux, dont il a fait une porte
Claire et pure et lumineuse,
Où il se voit et se mire souvent
Quand il va et vient, dedans et dehors,
Et pénètre d'un cœur dans l'autre.
Et il rend ces cœurs si unis
L'un dans l'autre que chacun
Pense défaillir quand l'autre lui manque,
S'il ne le voit aussitôt dans le miroir
Où leur désir les fait venir
S'embrasser, se baiser, s'étreindre
Et se réjouir d'une joie si subtile
Qu'ils délaissent toute pensée et tout souci
Tant que dure cette jouissance.
Et n'a jamais eu bonne aventure
Qui doute tant soit peu
Que les amants n'éprouvent telle douceur.

Flamenca

L'ÉPREUVE

Flamenca et Guillaume poursuivent leurs amours clandestines en parfaits amants :

Beau sire, je sais bien et comprends
Que vous êtes riche homme de haut parage,
Je le reconnais à la bravoure
Qui vous incite à vouloir être mon ami,
Car si vous n'étiez pas preux et courtois,
Jamais vous n'eussiez pensé à moi. »
Alors Guillaume conta en détail
Qui il était, comment il vint,
Et la façon dont il s'est comporté
Depuis son arrivée à Bourbon.
Quand elle sut qui était Guillaume,
Son cœur éprouva une si grande joie
Qu'elle s'abandonna à lui entièrement ;
Elle se pend à son cou, l'embrasse étroitement,
Désormais elle ne s'inquiète plus de rien
Hormis de pouvoir le servir avec ferveur,
De l'embrasser et de l'accueillir,
Et de faire tout ce qu'Amour veut. (...)
Guillaume ne conversa pas trop
Car il ne demanda ni ne s'enquéra de rien
Il s'en tint si bien à ce que la dame lui offrait
Qu'elle n'était pas lente à lui faire plaisir,
Au contraire, elle l'honora avec passion
Plus que ne l'eût fait Merci
Qui est, je pense, la maîtresse des grâces.
Amour leur dispensa tant de plaisirs
Que jamais il ne fut question de coucher ensemble,
Mais ce jour-là les a bien rassasiés
Avec les seuls baisers,
Étreintes et caresses,
Et les autres jeux que l'Amour apporte
A ceux en qui il reconnaît l'amour sincère.

Flamenca

L'EXTASE AMOUREUSE

Perceval campe à la lisière d'une forêt lorsque, au matin, il aperçoit un vol d'oies sauvages. Il en abat une qui choit sur le sol enneigé :

L'oie est blessée au col,
Et saigne trois gouttes de sang
Qui se répandent sur le blanc
Et semble couleur naturelle.
L'oie n'avait mal ni douleur
Qui la retienne à terre
Et avant que Perceval ne l'attrape
Elle s'est déjà envolée.
Quand Perceval vit la neige
Tassée à l'endroit où était l'oie,
Et le sang tout autour,
Il s'appuie sur sa lance
Pour regarder cette étrange apparence :
Le sang et la neige ensemble
Lui rappellent les fraîches couleurs
De sa belle amie,
Et il y pense tant qu'il s'oublie ;
Sur le visage de son amie,
Le vermeil tranche sur le blanc
Comme ces trois gouttes de sang
Qui se détachent sur la neige immaculée.
L'idée lui plaît tant qu'à force de regarder,
Il lui semble vraiment
Contempler les fraîches couleurs
Du visage de sa belle amie.
Perceval, absorbé dans ses pensées,
Laisse s'écouler la matinée
Si bien que lorsque les écuyers
Sortirent des tentes et le virent rêvassant
Ils crurent qu'il sommeillait.

Perceval
CHRÉTIEN DE TROYES

LE BRÉVIAIRE D'AMOUR

L'amour du masculin et du féminin est bon en soi, à condition que l'on en use bien. Voici de quelle manière on peut bien en user :

Et puisque quelques fous pourraient croire
Que cet amour est un mal,
Je vous dis pour ma décharge
Que d'un tel amour je veux traiter
En ce livre où j'ai déjà traité
De bien des choses divines.
Car le mouvement naturel
Donné à tous les animaux,
Quand il est ordonné
Par Dieu, est bon assurément ;
Car Dieu n'a jamais ordonné
Mauvaiseté, ni fait ni créé,
Et il est impossible que Dieu se soit trompé.
C'est pourquoi saint Augustin déclare :
« Tout mouvement naturel,
En tant qu'il est bon et non mauvais,
Est véritablement l'œuvre
De Dieu, le Père tout-puissant,
Mais il est l'œuvre de nous, pécheurs,
Quand il est péché et folie. »
Disons que l'amour en soi
Est bon, pour qui en use bien,
Et si les misérables, par leur folie,
Usent mal de cet amour,
Il ne résulte pas de leur folie
Que cet amour n'est pas bon.
Car de ce qui est bon en soi
On use mal par sottise.
Aussi ne doit-on pas blâmer l'amour
Mais celui qu'on verra en user mal ;
Et sache qui en usera mal
Qu'il le paiera dans quelques temps.
Le mouvement charnel est
D'un grand mérite aux gens
Qui savent bien le tenir réglé,

En bridant leur volonté,
Et vaincre la tentation
Charnelle avec sens et raison,
Ne consentant pas à ce mouvement
Si c'est contre leur devoir,
Mais pliant ce mouvement charnel
Au service de Dieu,
Comme celui qui s'unit à une femme
Pour avoir des enfants
Tels qu'en bonnes paroles et bonnes actions
Ils pourront servir leur Créateur
Et non par l'intention
De délectation charnelle,
Il aime sa femme d'un cœur sincère
Sans convoiter les autres.
Pourtant, s'il n'est pas marié,
Il peut bien s'adonner à l'amour
En aimant, s'il gouverne bien cet amour,
Une donzelle sans mari
A condition qu'il l'aime d'un amour loyal,
Et qu'il ne désire folie
Mais qu'il souhaite et s'efforce
De la prendre pour épouse,
Pour éviter le mal et le péché. (...)
Et par l'amour il veut être preux,
Franc, humble, bien enseigné, joyeux,
Galant, large et de noble éducation,
Sage, courtois et hardi,
Avec un grand désir de faire le bien
Et d'éviter le mal,
Alors il gouverne l'amour
Selon la loi du fidèle amant ;
Et l'amour serait chose sainte
Si les amants se conduisaient ainsi.

MATFRE ERMENGAU

CHANSON À LA VIERGE

J'ai cru souvent chanter l'amour
Au temps passé, sans le connaître,
J'appelais ma folie du nom d'amour ;
Mais désormais j'aime telle Dame,
Que je ne puis assez honorer ni craindre
Ni chérir comme il se doit :
Je désire que son amour m'étreigne tant
Qu'aboutisse l'espoir que j'ai mis en elle.

Car par son amour, j'espère monter en prix
Et en honneur, et en grande richesse
Et en grande joie : ne devraient donc point
Mes pensées et mes désirs être ailleurs ;
Puisque je puis tout obtenir par elle,
A son service je dois faire tout mon possible ;
Car je suis aimé d'elle, si je me comporte
Envers elle ainsi que l'amour parfait l'enseigne.

C'est pourquoi je dois mettre tous mes efforts
A l'aimer, puisqu'elle me veut, car je ne pourrais
L'aimer, si l'amour ne me vient d'Elle.
Pour son amour je dois donc le mien donner ;
Car sans elle je ne peux rien valoir,
Et lui être utile, sauf l'honorer ;
Et Dieu, qui le peut, me fasse porte-enseigne
Pour ma Dame des purs, où l'amour règne.

Je n'ai ni sens ni savoir pour la louer,
Tant elle a d'honneur que plus n'y tiendrait,
Et tant de bien que rien ne peut l'accroître ;
En quoi donc ma louange peut-elle l'honorer ?
L'honneur est pour moi, je ne saurais mentir.
C'est pourquoi je dois m'efforcer jour et nuit
Car en aucune façon, en rien qui me convienne,
Je ne puis pécher, s'il me souvient d'elle.

Tant est grande sa beauté qu'elle ne peut diminuer,
Elle est parfaite et resplendit nuit et jour,
Et son pouvoir est tel que rien ne lui résiste,

Elle a grâce en tout ce qu'elle veut faire,
Humilité, charité, sens, savoir,
Et pitié, et merci, c'est pourquoi j'espère
En son amour, puisqu'elle me le donne,
Et il me donnera joie, si je viens droit à Elle.

Je puis bien nommer ma Dame
Mon « Beau Réconfort », puisque j'ai bon espoir
Qu'elle me fasse devenir celui que la raison m'enseigne,
Et je la prie, par pitié, de me guérir.

Je ne suis point jaloux, si l'on veut avoir l'amour
De celle que j'aime, j'en ai au contraire grand plaisir,
Car de son amour, je crois sincèrement que vient tout bien.

Que ma Dame protège ceux qui l'aiment,
Et que le désir de chacun soit exaucé.

GUIRAUT RIQUIER

biographies

GUILLAUME IX D'AQUITAINE (1071-1127)
Guillaume IX, duc d'Aquitaine et comte de Poitiers, premier des troubadours connus, inaugura le « grand chant courtois ». Grand séducteur, il mena une vie dissipée qui lui valut à plusieurs reprises d'être excommunié. Ses poèmes sont encore pleins « d'amour païen », même si les théories courtoises y sont déjà ébauchées. Il termina sa vie au cloître.

MARCABRU (milieu du XIIe s.)
Enfant trouvé que l'on appelait « Pain-perdu », jongleur gascon, il a laissé l'image d'un homme peu facile, misogyne et misanthrope, maniant avec un art redoutable le sarcasme et l'ironie. Son œuvre se compose de quarante-cinq pièces remarquables par l'énergie et le pittoresque du style.

JAUFRE RUDEL (1130-1170)
Prince de Blaye, il suivit en 1147 Louis VII à la croisade. La légende veut qu'il se soit amouraché sans l'avoir vue d'une comtesse de Tripoli à qui il adressait des poèmes sur « l'amour de loin ». Parti lui faire don de son amour, il mourut dans ses bras en arrivant au port.

BERNARD DE VENTADOUR (1145 - 1180)
Fils de serf né dans le château de Ventadour, qui fut longtemps un centre de courtoisie, il suscita l'intérêt de son seigneur pour ses dons de poète. Vraisemblablement chassé pour avoir éveillé dans le cœur de la châtelaine des sentiments trop tendres, il fréquenta ensuite la brillante cour de la reine Aliénor d'Aquitaine avant de retourner en Occitanie où il trouva protection auprès d'Ermengarde de Narbonne. Bernard de Ventadour est souvent considéré comme le plus talentueux des troubadours pour sa fraîcheur et sa spontanéité. Il nous reste de lui soixante-dix-sept poèmes, des chansons pour la plupart.

GUILHEM DE CABESTANH (XIIe s.)
Ce chevalier du Roussillon laissa de lui sept ou huit chansons d'amour.

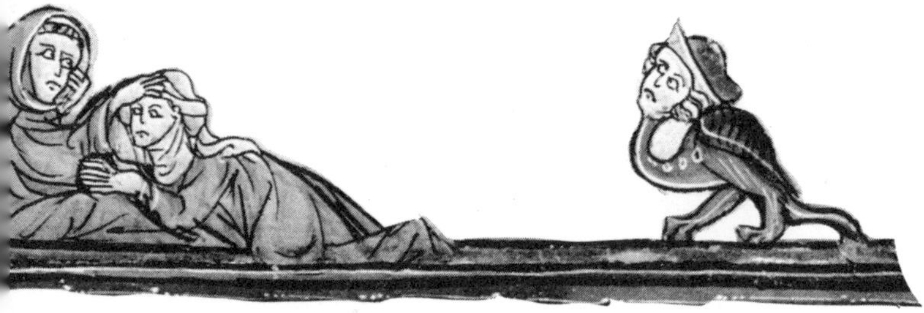

GUI et ELIAS D'USSEL (XIIe s.)
Gui, châtelain et chanoine (ce qui ne l'empêcha pas de s'éprendre de Marguerite d'Aubuisson), avait deux frères eux aussi troubadours. Son cousin Elias, seigneur d'Ussel, complétait cette famille de troubadours. De tous, Gui s'est révélé le plus doué. Sa poésie est tellement liée à l'amour qu'il cessait de chanter après une déception amoureuse.

COMTESSE DE DIE (XIIe s.)
On a peu de renseignements sur la plus célèbre des femmes troubadours. Selon la tradition, ses poèmes s'adressaient à un autre troubadour, Raimbaut d'Orange, dont elle louait la valeur ou la noblesse, et se plaignait de son infidélité.

GAUCELM FAIDIT (XIIe-XIIIe s.)
Né à Uzerche dans une famille bourgeoise, Gaucelm dilapida sa fortune au jeu et se fit jongleur, sous la protection de Marie de Ventadour. Il participa à la quatrième croisade et laissa une œuvre abondante : soixante-deux chansons et un planh sur la mort de Richard Cœur de Lion.

SAVARIC DE MAULEON (?-1231)
Seigneur de Mauléon (aujourd'hui Châtillon-sur-Sèvre), il a mené une vie de soldat bien remplie, appartenant successivement au parti du roi de France, puis du roi Jean sans Terre, avant d'être nommé sénéchal des rois anglais pour la Gascogne et le Poitou.

UC DE LA BACHÉLERIE (XIIe-XIIIe s.)
De ce Corrézien, il ne reste que six pièces dont trois tensons et un jeu parti.

DAUDE DE PRADAS (XIIe-XIIIe s.)
Chanoine de Maguelone, près de Montpellier, il a laissé quinze chansons, une chanson pieuse et un planh.

GUIRAUT RIQUIER (v. 1230-1292)
Né à Narbonne, Guiraut Riquier, qui séjourna dix ans à la cour du roi de Castille, est considéré comme le dernier poète occitan. En conséquence, son œuvre considérable (cinquante-trois chansons, vingt tensons, six pastourelles, deux aubes, une sérénade) évolua vers la poésie religieuse.

GUILHEM DE MONTANHAGOL (XIIIe s.)
D'origine vraisemblablement toulousaine, il fut avec Peire Cardinal l'un des troubadours de la période albigeoise. Sa conception de l'amour semble refléter les nouvelles structures religieuses et morales de son époque, bien qu'il ait su remarquablement exprimer les vertus courtoises et chevaleresques.

MATFRE ERMENGAU (XIIIe s.)
Né à Béziers, ce prêtre franciscain se rendit célèbre au Moyen Age par son *Bréviaire d'amour,* immense poème de 34 000 vers. Homme de foi et moraliste, il se révéla être en outre un esprit scientifique puisque il traite dans son ouvrage de toutes les sciences connues à son époque : médecine, astronomie, géographie, minéralogie, météorologie, astrologie et histoire naturelle. Les Histoires saintes et l'étude des Ecritures occupent une place privilégiée car non seulement elles apportaient une réponse aux problèmes religieux et moraux, mais aussi elles lui permettaient d'affiner ses théories sur l'amour.

CHRÉTIEN DE TROYES (v. 1130-1195)
Chrétien de Troyes est considéré comme le plus grand des trouvères. Il vécut à la cour de Marie de Champagne, fille de la reine Aliénor d'Aquitaine, puis à celle du comte de Flandre, Philippe d'Alsace. Créateur du roman breton, il adaptait ses récits au goût de la société courtoise tout en y intégrant les légendes celtiques et leur merveilleux féerique : *Erec et Enide, Cligès, Lancelot ou le Chevalier à la charrette, Yvain ou le Chevalier au lion, Perceval ou la Quête du Graal.* Il a sans doute écrit un *Tristan et Yseut,* mais le manuscrit ne nous est pas parvenu.

table de

lustrations

96 **Chevalier amoureux.** Extrait du manuel des chants de vignerons (Weingartner Liederbuch. Stuttgart, Landesbible. Bildarchiv Foto, Marburg)

100-101 **Histoire de la** conquête de la noble et riche Toison d'or. XVe. (Bibl. Nat. Paris. Cl. E.R.L.)

102 **Lancelot du Lac** jouant de l'orgue portatif. (Bibl. Nat. Paris. Ph. Giraudon)

106 **Troubadour.** Recueil de poésies. XIIIe. (Bibl. Nat. Paris. Ph. Hachette)

114-115 **Psautier** vers 1290 : Les amoureux (Bibl. Nat. Paris. Arch. E.R.L.)

118-119 **Demoiselle dansant** au son du biniou. Psautier vers 1290. (Bibl. Nat. Paris. Arch. E.R.L.)

121 **Roman du roi** Arthur. (Bibl. de Carpentras. Ph. Edimedia)

122 **Femme dansant** et personnage jouant de la viole. (Bibl. Nat. Paris. Ph. Hachette)

124 **Dame sous le charme.** (Ph. Hachette)

126 **Dame et berger** (Bibl. de Montpellier. Arch. E.R.L.)

131 **Les Épîtres d'Ovide.** (Bibl. Nat. Paris. Cl. E.R.L.)

133 **Les amoureux.** Psautier vers 1290. (Bibl. Nat. Paris. Arch. E.R.L.)

141 **Recueil de chansons.** XIIe. (Bibl. Nat. Paris. Arch. E.R.L.)

Pages de garde, fin
Les Très riches heures du duc de Berry : « Avril. Les fiançailles ». (Musée Condé, Chantilly. Ph. Bulloz)

Photo de couverture : **Musicien et personnage** dans un décor rustique. (Bibl. Nat., Paris. Cliché Hachette)

15,- € 87006

Cet ouvrage
dont la couverture et
la mise en page sont de
JEAN DENIS
a été réalisé avec la collaboration
technique de Claude Chapuis.
Le choix des illustrations
est dû à
Colette Laly et
Marie-France Souverbie.

Il a été composé et imprimé
sur les presses
de l'Imprimerie Maury S.A.,
à Malesherbes et relié par la Sirc,
à Marigny-le-Châtel,
pour les Éditions
Robert Laffont
à Paris.

N° d'éditeur : 6000 – N° d'imprimeur : H86/19322 C
Dépôt légal : octobre 1986
ISBN : 2-232-10070-7